POÉSIES

PAR

Albert Blanc-Montbrun

LYON

IMPRIMERIE DE J. NICOLLE ET C. GUICHARD

SUCCESSEURS D'A. PÉRISSE

Rue Mercière, 47.

MDCCCLXVII

POÉSIES

PAR

Albert Blanc - Montbrun

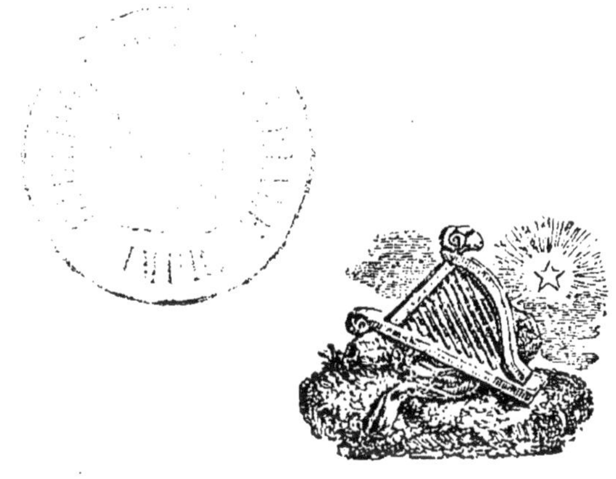

LYON

IMPRIMERIE DE J. NICOLLE ET C. GUICHARD

SUCCESSEURS D'A. PERISSE

Rue Mercière, 47.

MDCCCLXVII

Ces premières pages, choisies dans un grand
nombre, renferment un peu de ma pensée et de
ma vie. Je les ai réunies dans ce Recueil pour
les conserver comme un Souvenir.

VOIX INTÉRIEURE

Il est des heures fortunées
Pour toutes les âmes bien nées,
Où l'on sent tressaillir en soi
La charité, l'amour, la foi.
Une voix nous dit à l'oreille
Qu'on se doit à celui qui veille
Bien tard pour nourrir son enfant ;
Qu'on se doit à l'être souffrant.
Le cœur s'émeut ; l'or et la soie
Veulent répandre de la joie,
Sécher les pleurs, faire du bien
Aux malheureux qui n'ont plus rien ;
Puis, comme une fraiche rosée,
Dans la pauvre âme délaissée
Verser du baume, de l'espoir,
Mettre du rose à ce fond noir.
On aimerait, dans la mansarde,
A dire aux enfants : « Dieu regarde,
» Soyez sages, obéissants,
» Aux malades soyez patients. »
On voudrait pouvoir percer l'ombre
De la prison humide et sombre,
De tous les mauvais lieux obscurs,
Où grouillent des êtres impurs,
Pour rendre à la femme déchue
L'honnêteté qu'elle a perdue,

Pour inspirer le repentir
Aux condamnés qui vont mourir,
En leur disant que Dieu les aime,
Que la Courtisane elle-même,
En aimant, et le bon Larron,
En croyant, ont eu leur pardon.
On sent revenir la croyance
Aveugle et douce de l'enfance ;
On croit comme on croyait alors,
Et le soir, quand on est dehors,
Une pieuse rêverie
S'empare de l'âme attendrie.
On admire ; tout parle au cœur
Dans les œuvres du Créateur.
On s'agenouille, et l'on adore
Avec la foi des jeunes cœurs,
Ce Dieu puissant qui fait éclore
Toute l'herbe et toutes les fleurs.
On voudrait trouver sur sa route
L'athée ou le savant qui doute,
Pour leur montrer, dans le ciel bleu,
Les étoiles, preuve de Dieu.
On voudrait, sous quelque charmille,
Assis près d'une jeune fille,
Dire des paroles d'amour
Et la regarder tout le jour.

DE MA FENÊTRE

C'était une fille aussi blonde
Que les épis à la moisson,
Et tout heureuse d'être au monde ;

Elle cousait à sa fenêtre,
Je la voyais de mon balcon ;
On est voisin sans se connaître ;

Comme elle travaillait pour vivre,
La pauvre enfant, dès le matin !
Et moi, je lisais quelque livre,

Puis parfois je levais vers elle
Mon regard rêveur ou chagrin
Qui rencontrait ceux de la belle.

Dans sa mignonne chambrette,
Comme on les aime à vingt ans,
Toute simple, mais coquette,
Avec des rideaux bien blancs,
Elle était sans défiance,
Sans souci du lendemain ;
L'avenir paraît immense
A ceux qui s'en vont demain.

La mort se moque du rêve
Des heureux, des jeunes gens ;
Mon Dieu, que la vie est brève !
Le fruit tombe avant le temps.

J'étais allé dans ma famille ;
Après une absence d'un mois
Je revins, mais la jeune fille
Ne parut plus, comme autrefois,
Aux fenêtres de sa chambrette,
Où je la voyais tous les jours ;
Moi je pensais à la fillette
Qui riait ou chantait toujours.
Mais, hélas ! un soir, à sa porte,
J'entendis un funèbre chant :
Un prêtre emmenait une morte,
Et c'était cette belle enfant.

MATHILDE

Le malheur fait dans l'existence
Que les cœurs se comprennent mieux,
Comme un fardeau, toute souffrance
Lourde pour un se porte à deux.

I

La pauvre enfant n'avait plus les soins de sa mère,
Alors toute petite on la mit au couvent.
J'avais trois ans de plus ; le collége sévère
S'était fermé sur moi, déjà, l'année avant.
J'allais la voir souvent, j'entrais dans le parloir.
Comme dans tout couvent, le parloir était sombre;
Des sentences en vers tapissaient le mur noir ;
C'était triste ; mais elle habitait dans cette ombre.
On allait l'appeler ; bien du temps se passait
Avant qu'elle arrivât ; enfin, un pas rapide
Frappait le corridor ; ma sœur apparaissait
Tout à coup devant moi ; son beau regard candide
Souriait, rayonnait; elle disait : « Albert,
Te voilà ; quel bonheur ! je languissais, écoute. »
Je la laissais parler, et son cœur tout ouvert
S'épanchait dans le mien, tout entier, goutte à goutte.

II

La double grille alors, malgré ses engelures,
    Laissait passer un doigt,
Et je soufflais dessus ses petites mains pures,
    Toutes rouges de froid.

Elle me racontait ses leçons, ses lectures ;
    Dans ses devoirs charmants
Elle parlait des fleurs, des oiseaux, des murmures
    Qu'amène le printemps ;

Elle m'interrogeait comme une bonne mère
    Interroge toujours,
Elle voulait savoir mon existence entière,
    L'emploi de tous mes jours.

Elle me demandait où j'étais à chaque heure
    De travail et de jeux,
Dans la classe, à la cour, par toute la demeure,
    Pour me suivre des yeux.

Elle disait souvent : Mon Dieu, j'ai peur qu'il n'ose
    Demander ce qu'il faut
Pour l'hiver, des bons bas, un manteau, quelque chose
    Au lit pour avoir chaud.

SOUVENIR

Dans le feuillage hospitalier,
Une fauvette du bocage
Egayait le joli sentier ;
J'écoutais son mélodieux chant,
J'aurais voulu la mettre en cage ;
C'était ma passion d'enfant !

Ma mère me dit doucement :
Vois-tu, ce serait très-mal faire ;
Peut-être cet oiseau charmant
Que tu prendrais, a des petits ;
Il faut toujours laisser leur mère
Aux oiseaux qui sont dans les nids.

CE SOIR-LA

Oh ! je n'oublirai pas cette soirée heureuse
    Passée à vos côtés ;
Je vous tenais la main ; sur la mousse soyeuse
    Nous étions arrêtés.

Comme tout me charmait alors dans la nature !
    Que le vent était doux !
Comme le rossignol avait une voix pure !
    Que d'étoiles sur nous !

Les oiseaux indiscrets, cachés dans l'aubépine,
    Ecoutaient nos aveux ;
Et moi je me penchais sur votre taille fine
    Pour lire dans vos yeux.

A Mlle D. B.

On te dira, fraîche fillette,
Plus d'une fois, je sais bien,
Qu'il faut être un peu coquette,
Laisse dire et n'en crois rien.

Pour plaire dans la nature
La feuille verte, la fleur,
Ont-elles d'autre parure
Que leur éclat, leur fraîcheur ?

Pour briller, pour être belle,
Pas plus que le diamant
Qui dans la mine étincelle,
Tu n'as besoin d'ornement,

Laisse la coquetterie
A la femme de trente ans
Qui veut demeurer jolie,
Malgré l'outrage du temps ;

Garde la mise décente
Qui convient à la beauté ;
Je te trouve rayonnante,
Dans cette simplicité !

PETIT ENFANT

Reste pur et sois bien sage,
Dieu t'a fait beau, mon enfant,
Comme l'ange de l'image ;
Tu sais ce que je veux dire,
L'ange au visage charmant
Qui regarde et semble rire ;
Tu me le montrais au temple,
L'autre jour, dans un tableau ;
Ce bel ange te ressemble ;
Mais si tu n'étais plus sage,
Lui restera toujours beau,
Tu rendrais laid ton visage.

SUR UN BANC DE PIERRE

La mère souriait de ce poignant sourire
    Le seul qui reste aux malheureux ;
On voyait qu'elle aurait voulu la faire rire,
    Avec des larmes dans les yeux.

Juliette regardait vaguement l'étendue,
    Les montagnes, le firmament ;
Une larme parfois trop longtemps retenue
    Tombait à terre lentement.

Pauvre fille ! malgré sa souffrance profonde
    Elle n'était que pâle encor ;
Elle avait les yeux bleus, la chevelure blonde
    Où le soleil mettait de l'or ;

Et pourtant, ô mon Dieu, qui veut que l'on s'incline
    Sous ton mystérieux arrêt,
Elle sentait grandir dans sa faible poitrine
    La douleur qui la dévorait.

Sa mère l'adorait, elle avait ce qu'on nomme
    Bonheur, la beauté, l'avenir,
La fortune ; elle aimait peut-être un beau jeune homme
    Et bientôt elle allait mourir.

Je demeurai longtemps immobile à la vue
        De cet ange fait pour les cieux;
Je la vis s'éloigner, la nuit était venue
        Et j'avais des pleurs dans les yeux.

Je suis allé souvent, depuis, au banc de pierre
        Où je l'avais vue une fois;
Mais Juliette dormait sans doute au cimetière
        Couchée à l'ombre d'une croix!...

INSOMNIE

Pourquoi toutes ces misères,
Mon Dieu, si vous êtes bon,
Pourquoi prenez-vous aux mères
Leur plus sainte affection !

Les larmes coulent sans cesse ;
Que vous a fait l'orphelin
Pour laisser cette faiblesse
Seule au terrestre chemin ?

Voyez les cruelles heures
 D'hiver pour la pauvreté ;
Pas de feu dans les demeures
Qui cachent la nudité.

Regardez la pauvre mère
Qui n'a presque plus de pain ;
Comme son âme se serre
En pensant au lendemain !

Vous faites pleurer les belles ;
Vous séparez les amants,
Les tombes froides, cruelles,
S'ouvrent quand on a vingt ans.

Vous prenez la jeune fille
Près du vieillard accablé ;
Chez l'un la soie où l'or brille
Et chez l'autre pas de blé.

Vous laissez dans la prairie
L'abeille mordre les fleurs,
Et l'oiseau, l'aile meurtrie,
Tombe aux mains des oiseleurs.

Vous cachez d'affreuses choses
Pleines de nuit dans les cœurs ;
On se pique aux belles roses.
Le serpent est sous les fleurs.

Pour chacun dans l'existence,
Chaque jour, à chaque pas,
Vous mettez une souffrance
Qui nous fait crier : Hélas !

AU CIMETIÈRE

Quand on est seul le soir au fond du cimetière,
On a le froid des morts qui sont là dans la terre,
Et l'on hâte le pas ; les cyprès, les peupliers
Ont des formes ; on voit bouger dans les sentiers ;
Les tombes, marbres blancs rongés par les années,
Et les petites croix par les vents inclinées
Sont lugubres ; alors si courageux qu'on soit,
D'étranges visions nous poursuivent ; on voit
Se lever, se baisser et s'agiter dans l'ombre
Quelque chose qui sort de chaque caveau sombre ;
Notre pas nous fait peur et nous nous retournons
Comme si quelque mort était à nos talons ;
Tout à coup on frémit ; il semble qu'une pierre
A laissé s'échapper un cri de dessous terre,
On écoute en tremblant, et c'est quelque hibou
De la cité des morts qui chante dans son trou !

AMERTUME

J'ai souffert ; j'ai perdu ma mère
Quand j'avais à peine six ans ;
J'ai vécu triste et solitaire
Au milieu des autres enfants ;

Ils jouaient ; moi j'avais un livre ;
Les yeux tournés vers l'horizon,
Pleins de ces choses dont s'enivre
La jeune imagination,

Je pensais, j'avais comme en songe
Des visions de l'avenir
Où j'entrevoyais, doux mensonge,
Une providence à benir ;

J'espérais ; j'avais confiance ;
Je croyais que l'avril doré
Devait guérir toute souffrance,
Qu'enfant j'avais assez pleuré ;

Mais hélas, j'ai la double épreuve ;
Après l'injustice du sort,
Je bois le calice où s'abreuve
Le cœur de l'homme faible ou fort ;

J'avais trouvé pour me comprendre,
Pour rafraîchir mon front brûlant,
Une jeune fille bien tendre
Et je la pleure maintenant !

ELLE !

Elle n'avait pas de soie,
De l'or, des bagues de prix,
Tout ce luxe qu'on déploie
A nos regards éblouis ;

Mais elle avait bonne mine
De grands yeux noirs, l'air riant,
Une robe en mousseline
Sur un petit pied charmant.

Nous cherchions dans la vallée,
Pour nous promener le soir,
Quelque solitaire allée
Où l'on ne put pas nous voir ;

Nos yeux suivaient les nuages
Autour du soleil couchant
Qui forme des paysages
Tout frangés d'or et d'argent ;

De toutes les belles choses
Qui poussent dans les chemins,
Les fleurs blanches, les fleurs roses
Elle avait les pleines mains.

Puis nous allions sous le saule
Au large flanc entr'ouvert ;
Les branches sur son épaule
Tombaient comme un manteau vert ;

Nous écoutions la voix pure
Des rossignols, près de l'eau
Qui mêlait son doux murmure
Au concert de chaque oiseau ;

Près de nous, sous la feuillée,
Les insectes couleur d'or,
Pendant la tiède veillée
Tout bas se parlaient encor.

Nous regardions les étoiles,
Brillantes perles, rubis,
Et la nuit malgré ses voiles
Faisait croire au paradis.

Doux instants et douces choses
D'un temps qui ne revient plus,
Ils passent comme les roses,
Ces beaux jours déjà perdus !...

MÉDITATION

Quand midi dans les campagnes
Sonne l'heure du repos,
Les bûcherons des montagnes
Quittent leurs pesants fardeaux ;
Les moissonneurs leurs faucilles ,
Le laboureur ses sillons ;
Les rieuses jeunes filles
Rentrent avec leurs moutons ;
Le vin coule et réconforte ;
Pour chauffer son corps raidi,
Le vieillard devant sa porte
Respire l'air attiédi ;
Le soleil prend la rosée
Au calice de la fleur,
Et la fauvette est posée
A l'abri de la chaleur ;
On n'entend plus dans les plaines
Mugir les jeunes taureaux,
La vache aux tétines pleines
Dort à côté de ses veaux ;
On voit descendre des nues
Les aigles et les milans ;
Les forêts, les roches nues
Ont de saints recueillements.

Mais pendant que tout repose,
Gonflé de poison, vermeil,
Le serpent, horrible chose,
Se promène au beau soleil!

PROFESSION DE FOI

Aux autres pour leur partage
Nous laissons la gloire et l'or ;
On donnerait à notre âge
Pauvres cœurs tout neufs encor,
Pour une robe qui frôle
Sur un petit pied mignon,
Pour un baiser que l'on vole
Plein d'adoration ;
Pour une enfant brune ou blonde
De seize ans, pour deux beaux yeux,
Tout le bonheur de ce monde
Et tout le bonheur des cieux !

SEUL

Quelle folie ! au lieu de passer sa jeunesse
Comme nous, pensaient-ils, en riant, en chantant,
Et tout joyeux d'avoir au bras une maîtresse
Il feuillette son livre et marche en méditant,
Et les enfants moqueurs qu'il trouve sur sa route
Disent en le voyant: le voilà, que fait-il ?
Il contemple le ciel, il s'arrête, il écoute
Le murmure du vent dans les herbes d'avril.

LES JEUNES FILLES

Quand je les rencontrais je me tournais vers elles
Et je voyais monter du rouge à leurs prunelles ;
Nos yeux purs se baissaient alors en se croisant ;
Je ne savais pourquoi ; j'étais presque un enfant ;
Puis bientôt je compris cette chose angélique,
L'adorable secret de leur regard pudique ;
Je compris les désirs infinis comme Dieu
Qui s'échappent du cœur, étincelles de feu ;
Je sentis tout à coup, tressaillement de l'âme,
Ce qu'éprouve tout homme un jour devant la femme ;
Alors je m'approchai ; je leur pressai la main,
En leur disant tout bas : Oh ! revenez demain !

AVANT VINGT ANS

On est enfant d'abord; on entre dans la vie
En pleurant ; on s'agite ; on n'y voit pas ; on crie ;
On a froid ; on a faim ; on commence à souffrir ;
On nous donne le sein qui devra nous nourrir·
La première douceur se trouve à la mamelle.
Notre mère va mieux ; elle nous prend sur elle,
Nous couvre de baisers, nous donne un joli nom ;
On est le bienvenu de toute la maison.
On grossit, on grandit, on commence à sourire ,
On ouvre de grands yeux ; on veut nous faire dire :
Papa, maman. Voilà qu'on s'essaye à parler ;
On frappe avec la main quand on veut appeler ;
Et puis on parle ; on marche sans lisières,
On va tout seul enfin, doux moment pour les mères !
Dans la chambre, au salon , on court dans le jardin ;
Notre bonne effrayée est là qui tend la main.
On vient d'avoir sept ans : la jeune intelligence
Se montre chaque jour par les mots de l'enfance,
Et les parents ravis admirent ; on prédit
Que nous aurons beaucoup de jugement, d'esprit.
On rentre en pension ; on a dans la paupière
Des larmes qu'on retient à cause de sa mère
Qui nous serre en ses bras et nous dit : Mon enfant !
Que tu vas nous manquer ! Mais il le faut, pourtant.
Un maître nous conduit dans une vaste salle,
Le dortoir du collége, et l'on défait sa malle.

On se sent froid au cœur, un grand vide se fait ;
On s'aperçoit alors seulement qu'on aimait.
On est tout seul , bien triste , on cherche un camarade
Tendre et bon ; à la cour, pendant la promenade
On parle du passé : le moindre souvenir
Est présent, fait du bien. On pense à l'avenir
Et puis on se bâtit des châteaux en Espagne,
Le soir, en s'endormant , et le songe nous gagne :
On se voit déjà grand, riche, heureux, marié,
Et le rêve est si beau qu'il éveille à moitié.
On est sage, on travaille , et la fin de l'année
Arrive ; on sort content, la tête couronnée ;
On revoit ses parents bien aimés ; la maison
Est en fête ; chacun le montre à sa façon ;
Le vieux chien nous caresse, et sa joie est sincère ;
On va prendre les eaux ; on chasse avec son père ;
On a sa sœur au bras. Cela dure deux mois,
Et la pension s'ouvre une seconde fois.
Là plus d'affection ; la liberté ravie ;
De nouveaux professeurs ; toujours la même vie ;
Toujours classiques grecs et classiques latins
Que l'affreux préjugé laisse seuls en nos mains ;
De leçons mot à mot la mémoire obsédée
Ne reçoit jamais rien qui féconde l'idée ;
Lamartine est proscrit avec Victor Hugo ;
On a peur du génie, on nous donne Boileau.
Les mois, les ans s'en vont, on devient un jeune homme,
On passe un examen, on obtient un diplôme ;
On va faire son droit. Alors c'est le bon temps,
On est dans tout l'éclat des fêtes de vingt ans :
Nous rions, nous chantons, chacun nous porte envie ;
On a tous les bonheurs ; la santé, l'or, la vie

Ouverte devant soi ; le champagne mousseux
Pétille avec l'esprit ; on dit : Je suis heureux !
Puis voilà tout à coup qu'après ce court délire
On a le front penché dans les mains, on soupire ;
Une femme a passé devant tout ce bonheur,
Nous souffrons, nous pleurons ; elle avait notre cœur !

FIN

www.ingramcontent.com/pod-product-compliance
Ingram Content Group UK Ltd.
Pitfield, Milton Keynes, MK11 3LW, UK
UKHW021202140726
13695UKWH00005B/2299